# DÍPTICO DE LA ORUGA
## SALVADOR LUIS

ELEKTRIK GENERATION

# DÍPTICO DE LA ORUGA

ISBN-13: 978-0-578-74379-0

Imagen de cubierta: Evgeniy Shvets vía Shutterstock.com
Fotografías en *Nebulae*: © Vadim Sadovski y Michal Konarski

Impreso en los Estados Unidos / Printed in the United States

De ahora en adelante puedo ver mi propio cuerpo abierto sin sufrir. Puedo verme hasta el fondo de las entrañas, un nuevo estadio del espejo. Puedo ver el corazón de mi amante y su diseño espléndido no tiene nada que ver con los rebuscados simbolismos dibujados habitualmente. Mi amor, amo tu hígado, adoro tu páncreas, y el diseño de tu fémur me excita.

ORLAN

# Culminación

Es un aire que los ojos humanos jamás deberían tener.

ORSON SCOTT CARD

«No hay nada más real que el más allá de la percepción... Esa bestia dispar que debe correr, hacer crecer un mundo nuevo con imágenes insospechadas. Un mundo que agite el mundo. Repulsivo, turbulento a veces. Que se asemeje a un relámpago violáceo penetrando en el aparato reproductor de un animal sin cabeza. Parásitos tétricos y trágicos, de luz y sonido. La personificación del displacer emergiendo de repente de la oquedad bucal de miles de personas que caminan con los ojos cerrados y que solo los abrirán si escapan del sueño profundo. Alejarse de las reflexiones de la ética y de las acciones de la moral: liberarse es olvidar el destino impuesto por las reglas de la dominación, abrirse al deseo y las ganas de sobrevivencia. No hay absolutos universales, hermanos y hermanas, solamente subversiones, revelaciones...»

David se hallaba desnudo y sentado en la taza de baño con los ojos y la boca bien abiertos, como si no pudiese parar de gritar. Tenía la vista clavada en una pared de viejas mayólicas blancas y de sus fauces se desbordaba un torrente de insectos que no tenía cuándo detenerse. Algunos de ellos eran reconocibles por la forma y la familiaridad de sus cuerpos en los jardines: ninfas de cigarra, escarabajos, arañas cangrejo, orugas de polilla. Otros eran más misteriosos, resumidos en un idioma recién formado que no obstante se desdibujaba en múltiples patas y exoesqueletos húmedos y lustrosos. No sabía qué hacía allí, en esa posición y en esa situación tan irracional, pero el reguero de insectos era continuo y poco a poco cubría el piso del baño y sus pies. Poco a poco se elevaba hasta alcanzar sus rodillas cansadas y el miembro laxo. Algunos pulgones y hormigas merodeaban cerca del orificio de su uretra intentando ingresar, lo hacían en masa y por todos los extremos. Envolvían lentamente su cuerpo frígido y David ya no podía ver las viejas mayólicas blancas del baño, tan solo distinguía la intensidad orgánica de las criaturas como si fuese un inacabable y terrible cosquilleo, como si con esa manera unificada y consciente de actuar, esas decenas de millones de insectos agitaran una montaña de granito. Y la montaña de granito, rendida y a su merced, aparentaba ser al mismo tiempo un recipiente muy frágil, un pequeñísimo salero en las manos salvajes de un ser ciclópeo de patas infinitas; una nebulosa de antenas filiformes y geniculadas; una nebulosa de ocelos tubulares y mandíbulas vibratorias escudriñando y succionando su transpiración.

Lo cierto es que David no era un hombre que avanzara sin cuidado, despreocupado del fin de los tiempos. Le incumbían, desde hacía unas semanas sobre todo, los procesos en torno a la vida y la muerte. Tampoco era un hombre completamente feliz, y sin embargo David encontraba en ocasiones la calma. En los ejercicios de fe de la Congregación, por ejemplo, y en las épocas en que las manifestaciones del número 12 345 no aparecían en una pared descascarada o un portón de metal. Le agradaba la forma en que los toxicómanos lo miraban ansiosos cuando le rogaban que les vendiera una ampolla de Espíritu Santo, arrodillados en el suelo mugriento de un callejón o torcidos en una esquina oscura, como si esos ojos consumidos por el elixir estimulante fuesen una cámara de 16 mm aferrada a un ángulo contrapicado. Su apartamento, alquilado y de una habitación, guardaba pocos muebles y pertenencias: una cama individual con un colchón amarillento y raído, un cajón de madera, tomado de algún contenedor de basura, que servía como escritorio y base de una máquina de escribir despintada, y también una silla de metal donde descansaban algunas camisetas y pantalones que no se preocupaba de colgar en el armario.

Las siamesas tomaron al toxicómano del cuello y lo lanzaron contra uno de los muros del callejón. Se trataba de un mendigo de no más de treinta años y de voz balbuceante que llevaba una larga cicatriz en una de sus mejillas. Pedía a toda costa que le permitiesen beber un sorbo de Espíritu Santo, solamente un sorbo de la ampolla, y así podría regresar en paz por donde había venido. Vana y Gurke se reían de él, sabían que el pordiosero no tenía dinero para pagarles: «¿Piensas que nos importa lo que deseas, hombrecito?», dijeron encendiendo sus ojos azules, estirando un brazo hacia David para que les alcanzara la vara que le habían dado a guardar. «¿Crees que nos interesa?» Los balbuceos del vagabundo, escurriéndose como agua pringosa, continuaban saliendo de su boca de adicto, hiperactivados por el tartamudeo y la necesidad de quemarse la lengua con el contenido incoloro y ácido de las ampollas. Era ahora Howard quien se reía de él, apoyado sobre el chasis descascarillado de su vehículo y señalándole a David la mutación de las siamesas, cómo Vana y Gurke aumentaban el volumen de sus cuatro brazos a voluntad y se transformaban delante de los neófitos de la Congregación en una especie de carro de combate hecho de carne y de fe.

Fue Howard quien se convirtió en su enlace iniciático y lo invitó por primera vez a la casa-granja. David nunca había creído en los profetas ni en los salvadores contemporáneos. Los discípulos del Tempo del Pueblo y los davidianos de Koresh le parecían absolutos tontos, débiles mentales que se habían dejado engatusar por depredadores y cicerones de gafas ahumadas. Aquella primera vez, a la entrada de una casa de empeño, solo aceptó la invitación de Howard porque este le había prometido un buen plato de pollo asado y puré. Llevaba años sin ver a su amigo de la infancia, ahora panzudo y menos robusto que antes, y la idea de almorzar algo que no fuese huevos cocidos le pareció conveniente. Howard y él habían sido muy cercanos en los años de la escuela secundaria, cuando David aún no había optado por la errancia ni el antimaterialismo. De la unión simbiótica gracias a los libros de Burroughs y revistas como *Andrómeda* o *Fantasía*, pasaron luego a la disociación y la desgana, con un Howard universitario que optó por la contabilidad y las chicas y un David disconforme que prefirió convertirse en un escritor nómada de relatos de miedo y ciencia ficción. Después de la universidad, Howard hizo carrera en una pequeña cooperativa de ahorro y crédito, la Standard Union, donde conoció a su exmujer, mientras que David se desheredaba de las pertenencias de sus padres e iba de provincia en provincia por el noroeste y el sureste del Canadá, viviendo de trabajos temporales que le permitían un lugar donde dormir, y almuerzos y cenas bastante simples. Aquella mañana a la entrada de la casa de empeño fue David quien en realidad reconoció a Howard, y sin embargo Howard quien se acercó a él cuando se dio cuenta de que un hombre que parecía un remedo nostálgico de Ziggy Stardust y Albert Camus lo miraba persistentemente.

Camino a la granja de la Congregación trataron de ponerse al día. Howard habló resumidamente de su divorcio. Su nombre era Emilie, no podían concebir hijos porque, tras un cuadro dañino de paperas, él había quedado infértil, pero su matrimonio había sido feliz mientras la estabilidad económica prosperó. Luego, vino una inesperada crisis bursátil, la Standard Union cerró varias de sus filiales en la región, y Howard y muchos de sus compañeros perdieron sus trabajos. Emilie empezó entonces a recordarle cuál era la verdadera razón de sus desgracias: ser un matrimonio sin frutos, no haber plantado nunca una semilla. Se divorciaron al poco tiempo. Con el dinero que le quedó, Howard abrió un pequeño negocio dedicado a la caza y la pesca, y de vez en cuando compraba armas de segunda mano en la tienda de empeño donde coincidió con David. También se hizo miembro de la Congregación gracias a la insistencia de un cliente suyo. David, mientras tanto, lo escuchaba con atención y desatención, mirando ese rostro cambiado y esa extraña panza que acumulaba grasas y desilusiones. Llegado su turno, le contó que había ido a la tienda a recuperar una máquina de escribir que había dejado como garantía el mes anterior. Seguía dedicándose a la literatura a su manera, tenía varios cuentos y novelas inéditas, pero no quería publicar nada. Howard le recordó entonces un relato de Raymond Ashcroft con el que ambos se deleitaban cuando estaban en la escuela: «Muerte en Liberty Station», acerca de una colonia en las lunas galileanas que trataba de sobrevivir después de una invasión de artrópodos provenientes de otro sistema solar. David también recordaba el cuento, aquellos seres de ojos laterales habían enfrascado a las mujeres de la colonia en cilindros de cristal y creado niños híbridos con su material genético, traficándolos por toda la galaxia conocida. Fueron, sin embargo, vencidos en la culminación de la historia por un capitán de la Fuerza Espacial que venía de un pueblo futuro, alguien que había sido entrenado con el solo objetivo de asesinar insectos.

La Congregación a la que Howard pertenecía estaba situada a unas cuatro horas de la ciudad. Era una casa-granja delineada por un triángulo escaleno de cerezos y encajada en un bosque de abedules blancos. El contraste sin duda era llamativo, tanto por su cualidad etérea como por la artificialidad de su composición. No era una obra de la naturaleza y sin embargo su ubicación y forma planificada la alejaban del invento citadino corriente, haciéndola parte de un mundo enmarcado en otro mundo. David vio en los jardines a unas siamesas titánicas repartiendo órdenes y a varios hombres y mujeres con el pelo al rape dedicándose a labores que parecían juegos sistematizados, corriendo desnudos a través de circuitos de entrenamiento de madera y llevando a cabo batallas de fuerza con monstruosas sogas. Le pareció recordar haber leído algo semejante en noticias periodísticas sobre colonias de hippies que se dedicaban a tareas irracionales en California y Oregón, pero nunca había escuchado de la existencia de ellas en el territorio del Canadá. Mientras la camioneta de Howard continuaba avanzando hacia el edificio central, David cayó por primera vez en la cuenta de que la cabeza de su amigo no sufría de calvicie sino que estaba rapada del mismo modo que las de aquellos extraños, dejando una medialuna de cabello a la altura de ambos huesos temporales. Antes de alcanzar a preguntarle a Howard el porqué de la apariencia que exhibían, su mirada se detuvo en una manada de ciervos grises. Eran decenas de hembras y críos, sin ningún macho adulto a su alrededor. Al superponer las figuras de los animales a los árboles y flores de cerezo, la escena parecía sin duda tomada de una utopía bucólica e impostada. David se olvidó en pocos segundos del cabello de su amigo y sintió mucha curiosidad por conocer cuál era la función de los ciervos en medio de aquel paraje tupido y artificial denominado «La Congregación». ¿Por qué alguien habría querido realizar algo semejante en una tierra boscosa que dividía el norte y el sur de Ontario?

La criatura se desprendió del techo y cayó sobre la cama de David con un ruido de succión y desdoblamiento que era peor que sus chillidos. Tenía una cabeza romboide y cerdosa, del tamaño de un televisor, y un cuerpo tan recio y metálico como el de una nevera antigua, parecida a la que su abuela Sophia le había prohibido abrir a los cuatro años por temor a que quedase atrapado en su interior y nadie pudiese socorrerlo. Aquella malformación biomecánica quería hacerse de su carne y estaba a punto de arrimar sus seis ventosas hambrientas para succionarle los fluidos y los órganos blandos, pero... ¿qué diablos hacía David ahí? ¿Por qué se encontraba cercado en una esquina de la habitación de la infancia, en el lado oeste de la ciudad, cubriéndose el rostro con ambas manos e hiperventilándose delante del actor Vincent Price en el cartel de *El aguijón de la muerte*?

Tenía que ser otra pesadilla. Tenía que ser un mal sueño porque David sabía que los monstruos no eran reales. Sobre todo los monstruos como aquella criatura exoesquelética, producto, seguramente, de la mente de algún científico desequilibrado de serie de terror o de los efectos prácticos y morbosos de la animatrónica. Los únicos monstruos que David en verdad conocía eran esos, engendros que poblaban las páginas de los libros y las revistas de género, aberraciones contagiosas e invasivas que vivían en las cintas de miedo y las series animadas, portadores y mensajeros del fin: monstruos de la ficción como los que imaginó Raymond Ashcroft y como los que él mismo inyectaba de vida cada tanto en sus cuentos y novelas. Y sin embargo el sueño había sido tan orgánico y palpable; podía todavía oír el sonido baboso y la elasticidad de las ventosas de aquella bestia con cabeza de aparato receptor de televisión, de ese maldito insecto hibridado que aparecía cada vez que intentaba dormir. Howard le había advertido que durante las primeras semanas no se sentiría cómodo, que todos los novicios pasaban por esa fase de expiación alucinógena. Se trataba, acotó, del efecto natural de las ampollas, ya que era imprescindible llegar a la raíz de los miedos de cada nuevo aprendiz, a las honduras del pavor que residía en la médula de cada cuerpo virgen, para luego poder alzarse y ser parte de la esencia de la verdad. La Congregación no buscaba hacerlos adictos al contenido de las ampollas de Espíritu Santo. No, eso era solamente para los incurables y los descreídos que hormigueaban por las calles de la ciudad. Lo que el líder del grupo deseaba (un organismo extraordinario llamado Rex) era en realidad elevar gloriosamente a sus seguidores —a sus hermanos—, transformar las vidas de todos sus hermanos a través del conocimiento introspectivo y abrirles una puerta inimaginable hacia el más allá de la percepción.

«¿Tú qué ves cuando sueñas?», le preguntó David. «Yo solo veo oscuridad», confesó su amigo. «Tinieblas... pero entre las sombras oigo también la voz de un niño leyendo un cuento... y carcajadas... El jolgorio más ruin e hiriente que te puedas imaginar, como si una hiena hubiese perdido la razón y te escupiera su demencia... Nunca termina, es... es como un arma de fuego con municiones eternas, ¿sabes? Me hace pensar en esas ametralladoras de los documentales en blanco y negro, las de las guerras mundiales. ¿Te acuerdas de esas ametralladoras?... Siempre pienso que no voy a volver a casa... Porque la persona que ríe es ella, David... La mujer que ríe es ella, y ese niño no es mi hijo.»

El colosal depósito que contenía a Rex estaba lleno de una sustancia verde que hacía que su masa camaleónica resaltara en el líquido como un pez abisal. Parecía, a grandes rasgos, un encéfalo gigante de color lila, pero un órgano ocular análogo al de un primate tarsio adornaba su cabo más angosto. El gran encéfalo debía tener el tamaño de una cría de ballena azul, sin embargo su contextura interior se asemejaba a la de una especie de medusa. Rex se comunicaba con los miembros de la Congregación por medio de pequeños brazos tentaculares e infrasonidos que una máquina traductora descifraba competentemente, y vivía albergado en un granero anexo a la granja. Sus cuidadores no eran precisamente brotes de la humanidad, sino seres humanoides que habían llegado junto al encéfalo en un galeón espacial que escondían bajo la tierra boscosa. David entendió al fin por qué Howard había insistido tanto en que lo acompañara esa tarde a la granja. No se trataba, como había especulado durante el trayecto en camioneta, de un simple grupo de engatusados, ni de gente desencantada por los caminos antinaturales que tomaba el capitalismo de fin de siglo. La Congregación era en realidad una comunidad heteróclita y laboriosa, y contaba con el liderazgo de un verdadero teólogo celestial: un encéfalo-tarsio venido de las estrellas.

De todas las obras que publicó en vida, «Muerte en Liberty Station» era la más citada por sus lectores, sin embargo Raymond Ashcroft había escrito cerca de noventa cuentos y también cinco novelas breves que sumaban setecientas páginas de una saga que quedó pendiente de resolución. Howard decía que eran seis, seis novelas que desembocaban en el vacío, pero David evitaba corregirlo porque no valía la pena molestarse por una discusión que posiblemente nunca tendría fin. Lo importante era que ambos coincidían desde muy jóvenes en que Ashcroft había sido no solo un adicto al trabajo sino también un ser de otro planeta. Especulaban que esa era la razón de que solamente existiese una fotografía suya, una silueta más bien, empañada por el blanco y negro de la cámara y las gotas que había salpicado la lluvia sobre un ventanal. Todavía en la adultez de David y Howard no se contaba con otra imagen de Ashcroft. Las pocas notas biográficas que resumían su labor literaria y se hallaban en internet hablaban de un escritor misántropo, inscrito en el labrantío del *pulp* cósmico, de una falsa enfermedad venérea, y de que sus novelas habían sido designadas con números y no con títulos comunes. Organizadas de acuerdo a su orden de publicación, en los estantes formaban juntas el número 12 345. Según una leyenda que David y Howard habían oído en un viejo club de lectura de ciencia ficción al que asistían en la escuela secundaria, la sexta novela de Ashcroft nunca fue escrita porque contenía en su nombre un arcano sideral, un secreto que los seres humanos no debían conocer. Raymond Ashcroft había nacido en 1907 en el campo de Montana, oriundo de una localidad camuflada por las hierbas altas de las grandes llanuras, y había desaparecido a la edad de cuarenta y cuatro años en la ciudad de Grand Rapids, donde en realidad nunca ocupó casa alguna ni tuvo parientes. Su desaparición —entendida en ocasiones como una «aparición»— fue reportada a la policía por un anciano que dijo haber recibido de Ashcroft un reloj de bolsillo y una billetera, después de que el escritor tocara la puerta de su casa y le dijera apresuradamente: «No hay más tiempo. Debo partir.»

David y Howard no fueron las únicas personas que especularon acerca del desvanecimiento de Ashcroft y su posible conexión alienígena. Estaban también los miembros del club de lectura de la secundaria, quienes les habían relatado la historia del guarismo sideral incluido en el título oculto de aquella novela no nacida. Con el paso del tiempo, igualmente, corrieron rumores y algunas teorías conspirativas que fueron publicadas en diarios y revistas de poca circulación, la mayoría sazonadas con un tono burlesco, que finalmente se reían no de que Ashcroft fuera o no un escritor extraterrestre, sino de que escogiera para sí mismo un nombre tan soso y ridículamente silábico como el que tenía, un nombre que les recordaba al sobrino reumático de un ebanista inglés y no a un fabuloso viajero espacial. A aquellas pocas burlas, sin embargo, les siguieron varios foros de culto décadas después. *Nerds* de diferentes latitudes, hablantes de inglés de primera y segunda lengua que leían e intercambiaban los cuentos y novelas de Ashcroft en pdfs ilegales, sobre todo desde que autores de género como él habían caído en desuso porque muy pocas casas editoras estaban interesadas en perpetuar sus ficciones esotéricas. Ashcroft no tenía la fortuna póstuma de un Lovecraft ni la sonrisa luminosa de un Bradbury. Era cierto que durante su corta vida se había mantenido económicamente con el *pulp* y la publicación en serie de sus cuentos, pero el verdadero núcleo de su filosofía literaria se encontraba en aquella saga incompleta de novelas. El conjunto que comprendía *12 345* equivalía, efectivamente, a la pluma de un Heidegger kafkiano: el aquí y el ahora del absurdo, el ser-en-el-mundo de un punto de vista encaprichado con la erradicación total de una colonia de coleópteros que nunca cesaba de reproducirse.

La primera vez que sucedió fue en el jardín de su abuela Sophia. Le había prohibido jugar en los interiores, sobre todo en la cocina de la casa, donde se encontraba la nevera que no debía ni abrir ni cerrar. Aquella tarde en Newtonbrook hacía un calor excesivo para el mes de mayo, un anticipo del verdadero impulso veraniego que estaba aún a varias semanas de distancia y que por alguna razón insistió en presentarse de forma prematura. Después de beber apresuradamente un vaso de limonada fría, David salió con dirección al pequeño huerto, alzando una pistola de fulminantes, preparado para desafiar a cualquier bandolero o bribón que se le asomara entre las plantas. Antes de salir, naturalmente, había convencido a Jasper, el border collie que hospedaban en casa de sus abuelos, de que fuera su compañero de aventuras, un Sancho cuadrúpedo que no opuso resistencia y lo siguió fielmente, corriendo y brincando, removiendo la tierra y maltratando los tomates y las flores con sus patas. Bastaron dos o tres ladridos eufóricos del animal para que la abuela Sophia se apresurara al jardín con una furia irreprimible. Jasper escapó despavorido apenas la oyó renegar en voz alta, ocultándose de inmediato, pero David no fue tan vivo ni veloz, y cuando tuvo a su abuela en sus narices retrocedió como un cachorro alterado, inmerso en el miedo y la torpeza de ser un niño descubierto por un adulto en un acto que seguramente sería penado con zurras y más restricciones a sus derechos de tránsito. Fue en ese momento cuando David tropezó con uno de los maderos que protegían las hortalizas —la pistola de juguete girando como una noria en el aire de mayo—, y cayó con impericia sobre los pocos pimientos que aún no habían sido removidos por las patas de Jasper. Tenía tan solo cinco años por aquel entonces, tierra fresca en el cabello y en el rostro, y una oruga de polilla nocturna perdida en la comisura de sus labios, desorientada y completamente ajena, palpando con el peso de sus patas falsas su piel de niño desobediente.

La doctora Paulsen recomendó enfrentarlo a sus miedos. Asumir que las fobias eran solo ciertas cuando se les consentía trastornar la estabilidad natural y exterminar la calma de las personas. Debía aceptar, como el resto de los seres humanos, que los artrópodos podían a veces picarle, pero no llevarlo a la muerte más dolorosa. Algunos, desde luego, transmitían agentes patógenos y eran nocivos; sin embargo, las probabilidades de encontrarse en una situación de vida o muerte frente a un avispón asiático o una mosca tsé-tsé de ribera eran muy pocas en la ciudad donde él vivía. En su rutina diaria, en aquel día a día de suburbio, David tenía en realidad mayores encuentros con la muerte cuando montaba bicicleta entre dos esquinas o cruzaba la calle. Era cierto que los insectos tenían más patas que los mamíferos, aguijones, antenas y alas, que algunos incluso hacían daño a sus depredadores envenenándolos con la vellosidad que los cubría, pero no había que temerles sino entender su lugar en el orden y el balance del planeta, un gran ecosistema que era tan suyo como nuestro. Lo más importante, decía la doctora Paulsen, era empezar con imágenes, fotos a color sacadas con un macroobjetivo, y establecer un primer contacto visual con las especies más comunes. Las enciclopedias serían de gran ayuda en esta tarea. Luego, al igual que un entomólogo en expedición, podría emprender algunas observaciones en el jardín, sin contacto, por supuesto, tan solo como una forma de advertir y aprender a respetar su modo de vida en un hábitat silvestre. Cuando David se sintiera listo, tal vez en un par de semanas o a fin de mes, podría tocarlos con una ramita o un lápiz, y poco después incluso acercar su mano a una cochinilla de tierra. La doctora Paulsen, sentada a su lado, sonreía a la par que le explicaba cariñosamente todo esto a David, pero hacía mucho tiempo que al nieto de Sophia lo habían atrapado las tenazas y los quelíceros de la entomofobia, y sentía una opresión mordiente en el pecho que no le permitía respirar.

Lo que David vio desde la cabina del vehículo de Howard aquella primera tarde eran ejercicios de adiestramiento. Rex, indudablemente, tenía un gran propósito. Estaba formando no solo el núcleo espiritual de la Congregación sino también sus capas exteriores. A su llegada a la Tierra había seleccionado correctamente a sus primeros enlaces iniciáticos, quienes a su vez supieron escoger a sus posibles acólitos con inteligencia y prontitud, tal y como Howard había hecho con David aquel domingo a la entrada de la casa de empeño. A la cabeza de la formación de los neófitos, de sus tácticas y ejercicios de resistencia, se encontraban Vana y Gurke, vigorosas hermanas siamesas que habían venido en el galeón junto con Rex. Eran seres humanoides fusionados por la región pélvica, a primera vista comunes y corrientes dentro de lo que les correspondía, sin embargo, sus ojos poseían una tonalidad azulina que delataba su discordancia con respecto de la apariencia de los terrestres. Para evitar ser descubiertas, solían cubrirlos con gafas oscuras cuando querían hacerse pasar por gemelas humanas, pero si por algún motivo un toxicómano perdía el control o se negaba a pagar por las ampollas de Espíritu Santo, no dudaban en quitárselas y mostrar su color más intenso. Vana y Gurke llamaban a la caza nocturna de toxicómanos «un ejercicio de fe», pues se trataba de una actividad que cumplía con el principio más básico de la Congregación: la supervivencia del plan celeste que Rex había traído a la Tierra.

De acuerdo con los teólogos de la Congregación, quienes a su vez habían interpretado las palabras que en cada cenáculo divulgaba el mecanismo traductor de Rex, aquel líquido incoloro apodado Espíritu Santo surgía después de la destilación sintética —y posterior precipitación con ácidos fuertes— de un fermento originario de un sistema solar localizado a 3.7 millones de años luz de distancia de la Tierra. Los microorganismos necesarios para el proceso catabólico, no obstante, vivían almacenados en un banco de bacteria que Rex y sus cuidadores conservaban en el galeón espacial, protegidos por cámaras secretas y sistemas electrónicos de vigilancia desde tiempos antiguos, cuando nuestra propia galaxia no era más que una pretensión. La función del líquido estimulante, aseguraba Rex en sus traducciones, era el control, no de los acólitos y teólogos, sino de las masas que todavía no estaban dispuestas, ya sea por su egoísmo o por su debilidad psíquica, a conocer los caminos de la percepción que el encéfalo había traído desde su metrópoli galáctica. Sonaba contradictorio y hasta perverso: controlar a los más débiles porque no deseaban ser liberados, el propio Rex lo reconocía, sin embargo era una acción justificada y absolutamente necesaria sabiendo que el mayor propósito de la Congregación no podía paralizarse a causa del estorbo de un grupo insensible a la causa final. Drogar y cobrarles por ello a los anémicos de mente era permitido e irremediable, subrayaba Rex en sus traducciones. No se cansaba de decir que la guerra comenzaría más pronto de lo que pensábamos.

En una de sus novelas inéditas, David describía una civilización futura que había sido vencida por terrores venidos del espacio exterior. No se trataba precisamente de la civilización humana, aunque muchas de sus costumbres y discursos fundacionales se asemejaban en parte a lo que las mujeres y los hombres de la Tierra profesaban y hacían con regularidad: desde el cuidado de los cuerpos de familiares muertos hasta la celebración de un aniversario de bodas o la valoración de las artes y la búsqueda de la belleza. Se diferenciaban de manera específica, sin embargo, en su relación con la hostilidad. Mientras que los seres humanos solían tener una tendencia innata a la guerra y al derramamiento de sangre, basándose con regularidad en intereses sexuales, económicos o geopolíticos, en aquella civilización futura el instinto destructivo de la especie era nulo. Había, en cambio, un sostén universal que defendía la hermandad y la tolerancia entre los individuos, del que cada ciudadano de aquel planeta de ficción dependía forzosamente para construir y relacionarse con la realidad concreta de su mundo. Aquel rechazo a la destructividad y al encarnizamiento, no obstante, fue su punto más débil y la razón final de su exterminación, según la narradora de la historia, quien se jactaba de ser la comandante extranjera que los había humillado y sometido.

Cuando eran más jóvenes, Howard disfrutaba viendo a David transpirar. Las oportunidades diferían en tiempo y espacio, pero siempre involucraban el avistamiento de algún tipo de insecto o la reacción aterrada de David ante alguna clase de arácnido o quilópodo. Su enlace con la realidad o la irrealidad era lo de menos. Para fines prácticos, los seres extraterrestres que Raymond Ashcroft describía en «Muerte en Liberty Station» o las libélulas y tijeretas disecadas que colgaban de la pared del laboratorio de ciencias naturales en la escuela secundaria surtían el mismo efecto en David. Todas eran criaturas igualmente espantosas e igualmente abominables para él. Con el tiempo, sin embargo, fue creciendo y controlando sus sensaciones de angustia. Los ejercicios recomendados en la infancia por la doctora Paulsen, aunque con lentitud y sin ser impecables, habían dado algunos frutos cuando de la dominación superficial de sus nervios se trataba. Podía soportar el zumbido de una mosca sin sentir náuseas, por ejemplo, e incluso permanecer inmóvil y aparentar serenidad cuando una cucaracha desorientada salía bruscamente de una alcantarilla recién abierta. Podía, si se lo planteaba unas horas antes, ver *El aguijón de la muerte* a la medianoche, obligado por Howard, sudar lo menos posible cuando escuchaba a Vincent Price advertirle a la audiencia que todos tenemos, oculto en la parte baja de la espina dorsal, un ciempiés venenoso y parasitario que se alimenta de nuestros pavores.

Las jarras de orina y de sangre de ciervo, aprendió David aquel día, eran para consagrar la primera parte del rito de iniciación. La orina representaba un líquido catártico y cada aprendiz debía ungirse el rostro con la suya, limpiándose simbólicamente de cualquier vicio o corrupción. La sangre, por el contrario, expresaba el vínculo filial que ligaba a humanos y alienígenas, el lazo indivisible que conectaba a los nuevos miembros de la Congregación con las prédicas traducidas de Rex, aquel teólogo encefálico venido del más allá celeste. Al ser convocado por las siamesas a la plataforma central, David se arrodilló ante las jarras que le correspondían y se lavó el rostro con el jugo de su micción, hundiendo luego sus manos en la sangre de los cervatos y alzándolas al igual que sus compañeros. Al unísono, una vez ubicados en sus respectivos lugares, todos pronunciaron una alabanza traducida por la máquina que hablaba por Rex, un himno a la guerra y a la persistencia de los nativos terrestres. El Espíritu Santo, dijo con un efecto coral la máquina traductora a través de una imponente bocina, se encontraba ahora con ellos. Fue entonces cuando Vana y Gurke se acercaron a sus nuevos hermanos y afeitaron sus cabezas con una navaja dotada de colores verdosos y luminiscencias, dibujándoles una medialuna de cabello a la altura de ambos huesos temporales. Aquel día en la granja, Ziggy Stardust y Albert Camus dejaron de existir para David.

La malformación biomecánica apareció de súbito y volvió a cerrarle el paso. Su cabeza romboide y cerdosa parecía ser más grande que en otras ocasiones y haber desarrollado, entre pesadilla y pesadilla, quelíceros tóxicos que secretaban una sustancia ácida y maloliente. David intentó correr hacia la entrada principal pero a la criatura le bastó con estirar una de sus patas para hacerle perder el equilibrio y arruinar sus aspiraciones. No solo se había golpeado la barbilla con fuerza, y desperdiciado, al mismo tiempo, la oportunidad de escabullirse, sino que la araña estaba ahora encima de él, babeando ácido y espanto sobre su pecho. Cada gota que resbalaba de las piezas bucales de la criatura le infligía ardor y tenía un efecto corrosivo sobre su carne. Podía sentir, como nunca antes en su vida, una procesión de perforaciones consumiendo el segmento superior de su tórax, y también aquella consecuencia del vacío en los orificios que la araña fabricaba a lo largo y ancho de su piel. Era preciso despertar y abrir los ojos cuanto antes, pensó David en medio de la desesperación, pero aquella bestia biomecánica fue más rápida que él, y le propinó una mordedura letal cerca de una de sus clavículas.

El acto de copulación entre acólitos estaba prohibido, mas no la celebración del cuerpo de Rex. El inmenso depósito que lo contenía contaba con una puerta estanca en la parte superior que abría un pasadizo hacia su plasma verdoso. A través de dicho conducto, los hermanos se enlazaban física y neuronalmente con el encéfalo sin importar ni su sexo biológico ni su etnia. El cuerpo cetáceo de Rex los recibía a todos, absorbiéndolos con su contextura de medusa y expulsándolos luego de unos minutos por un orificio oval que en otras especies cumplía el papel del recto, pero que en Rex se empleaba para la copulación. Cuando esto ocurría —más de una vez Howard y David habían sido convocados por la máquina intérprete a vivir la experiencia en el reservorio—, la pupila del ojo tarsio de Rex se dilataba sobremanera, sus pequeños brazos tentaculares, al mismo tiempo, parecían vibrar como la punta de la cola de un reptil, hasta que el contorno del iris explotaba y el encéfalo despedía una nube de agentes amarillos e infrasonidos que en el plasma daban la impresión de ser una música entregada a la carnalidad.

Después de su tercera visita al interior viscoso de Rex, David empezó a sentir un extraño cuadro de náuseas y distensiones, molestias que lo llevaron una noche a la enfermería de la Congregación. El doctor La Rouge, descendiente, según se sabía, de un dermatólogo proscrito que en otra época había originado una plaga hematófaga en mujeres mayores, le informó que lo que sufría eran los síntomas tempranos de un embarazo. Solamente él y una hermana terrestre fallecida cuando la Congregación era todavía joven en Ontario habían desarrollado signos semejantes después de la cópula con Rex. En un principio, David quiso detener el proceso, hallar la manera de abortar a la criatura que había empezado a desarrollarse en su interior, pero el doctor La Rouge fue lúcido en sus aclaraciones y amenazas: nada ni nadie debía detener aquel embarazo. Los hijos que David engendraría para Rex —eran varios, cerca de una centena— nacerían en un saco de líquido amniótico híbrido y serían excretados en tres meses, como si se tratase de un residuo metabólico tradicional. No tendría que amamantarlos ni criarlos, solamente facilitarles la venida al mundo. Su vientre, acotó La Rouge, jamás crecería como el de una mujer humana, a lo sumo subiría unas pocas libras y orinaría más de lo habitual hasta la llegada del verano.

La primera vez que David oyó el nombre de Mlodzik aún no había compartido el colosal depósito de plasma con el encéfalo, pero fue el propio Rex, en uno de sus cenáculos nocturnos en el granero de la Congregación, quien se lo dijo a él y al resto de neófitos a través de la máquina traductora. En una pared lateral del edificio apareció de pronto la imagen pagana y abyecta de una figura antropomórfica que compartía las asquerosas facciones de una mantis religiosa y un hombre huesudo y anómalo. De acuerdo con el relato de Rex, millones de años antes, Mlodzik había ocupado el sistema planetario de donde provenía, dejándolo como único superviviente de una raza de cetáceos que alguna vez concibió un imperio de adelanto técnico y agudeza metafísica. La Congregación, decía Rex en sus traducciones, era la respuesta a la devastación que Mlodzik había traído consigo a decenas de galaxias, nacida en el espacio lejano para contrarrestar un régimen despótico y los ejércitos que descendían de él. Esa, afirmaba sin contener la cólera que le causaba el pronunciar el nombre de su mayor enemigo, era la misión auténtica de la Congregación. Preparar secretamente, utilizando el poder psicoactivo del Espíritu Santo, a las poblaciones de mundos que pronto serían invadidos; e impulsar la capacitación militar de los hermanos de la Congregación de cara a la próxima guerra. Planetas como el de David y Howard, que se encontraban con los días contados. Mundos que no debían acabar como el suyo ni como el de Vana y Gurke ni como el de doctor La Rouge.

Por eso era inevitable crear más toxicómanos, masas y masas de ellos; financiar la empresa de la defensa de la Tierra y separar a los anémicos de mente y voluntad de quienes lucharían sin languidecer contra las hordas de Mlodzik.

Sherman Thompson era el nombre del anciano que vio por última vez a Ashcroft en Grand Rapids. Su sobrina, Ada, estudiante de lepidopterología en Calvin College, quien lo acompañó a la estación a relatar el insólito encuentro que su tío tuvo con el escritor. Como prueba irrefutable de la historia llevaron consigo el reloj de bolsillo y la billetera de Ashcroft, subrayando que solo sabían que el hombre había tomado la ruta que daba al oeste de la ciudad, perdiéndose entre casas y árboles después de un par de minutos. El policía que tomó nota de la declaración no averiguó más y los dejó ir, pensando que se trataba solamente de un ladrón arrepentido que dejaba las pertenencias robadas con un extraño de buena fe, alguien que iría a la policía en pocas horas a reportar el incidente. El reloj y la billetera, sin embargo, le llamaron bastante la atención, mucho más que otros artículos hallados por transeúntes o traídos a la comisaría como evidencia. Decidió así guardarlos en uno de los cajones de su escritorio y llevarlos después a casa para examinarlos a solas. Su padre había sido dueño de una relojería y le había enseñado a armar y desarmar instrumentos de bolsillo como ese. Cuando tomó el reloj de Ashcroft del anillo de suspensión e intentó abrir la caja, no obstante, las agujas hicieron un movimiento en reversa y en seguida el cristal proyectó sobre el piso de madera una circunferencia de más o menos cuarenta pulgadas. El alguacil Edwin Morris, hijo mayor del relojero Clarence Morris, dio un salto sobre su silla, pero continuó observando.

En el desenlace de «Muerte en Liberty Station», el capitán de la Fuerza Espacial que venía de un pueblo futuro les dijo a los sobrevivientes de aquella colonia humana que había sido entrenado con el solo objetivo de aniquilar insectos. En su época, setecientos cincuenta años a la vanguardia del tiempo histórico del relato, quedaban únicamente vestigios de lo que alguna vez fue una civilización de artrópodos conquistadores y sodomitas. Los líderes de su sociedad humana, sin embargo, eran conscientes de que los siglos de transgresiones y manipulaciones genéticas podían evitarse con un conjunto de «misiones curativas», todas ellas orientadas al debilitamiento de la presencia de los artrópodos en momentos muy específicos del manto espacio-temporal. Bajo ese ideal de purificación, miles de especialistas militares eran despachados diariamente por medio de grandes motores de licuefacción de partículas a distintos momentos históricos y planos dimensionales, liberando colonias como la de Liberty Station de la plaga invasora y a las mujeres de vientres esclavizados de aquellos partos horrendos que engendraban humanoides con antenas geniculadas y grandes ojos laterales.

Los vaticinios del doctor La Rouge habían probado ser ciertos y el cuerpo de David no cambió de manera radical. Aunque se sentía un poco más pesado que antes, algo comprensible teniendo en cuenta su estado, cuando se miraba al espejo le costaba mucho dar con el punto que marcaba la geografía exacta de su proceso de gestación. Era cierto que había subido dos libras, pero solo él era consciente del peso de su materialidad, sobre todo porque nadie más se detenía a examinar su figura y porque Rex y el doctor La Rouge eran los únicos hermanos que sabían de su embarazo. El primer mes fue tal vez el más difícil, principalmente por la falta de costumbre y la rareza de la situación. David orinaba profusamente, cántaros y cántaros de líquido cetrino eran expulsados por su uretra, y fue además el mes en que el doctor La Rouge le realizó varios exámenes invasivos en busca de evitar aflicciones futuras. Aquella hermana gestante de la generación anterior de neófitos había muerto durante las primeras cuatro semanas del embarazo, decía La Rouge, víctima de una enfermedad purulenta y autófaga que contaminaba la totalidad de los órganos internos. Al no saber a ciencia cierta cuáles eran las consecuencias fisiológicas de la gestación de la especie del encéfalo en los seres humanos, La Rouge especulaba que la muerte de aquella mujer quizá se debía a su sexo biológico. Tal vez solo los hombres humanos eran capaces de llevar un embarazo saludable después de copular con Rex, pensaba en voz alta. David, por su parte, se hallaba enfrascado en otro dilema, algo tal vez menos relevante, pero que ciertamente había comenzado a perturbarlo. Aunque había sido correcto en cuanto a su juramento y cumplido al pie de la letra las instrucciones de Rex y La Rouge; aunque no le había divulgado a nadie la verdad que escondía en ese vientre deshinchado y poco ortodoxo, estaba seguro de que su amigo Howard sospechaba de él. No precisamente que fuese a excretar un saco lleno de líquido amniótico y criaturas híbridas en cuestión de semanas, pero sí que intuía algo. David podía notar una sutileza diferente en las preguntas que le hacía a diario en los desayunos y almuerzos. La mirada de Howard se había vuelto un poco más precavida, su risa un poco más grosera. Hasta donde David tenía entendido tan solo el doctor La Rouge y Rex sabían que ciertos hermanos podían gestar; era una habilidad posible pero poco común debido a la edad avanzada del encéfalo, y por ello mantenían en reserva la posibilidad de una ventana reproductiva, separándola siempre del dogma de la Congregación. David, sin embargo, creía que su relación con Howard se hallaba en un punto incómodo y de novedad, del mismo modo que su vientre era ahora el vientre mutado de un padre.

Por aquellos días David volvió a ver una manifestación del número 12 345. Su encuentro más temprano con el signo había sido a los quince años, cerca de las ocho de la noche, tras una sesión del club de lectura de ciencia ficción y fantasía del que formaba parte. Howard y él se habían separado al doblar la esquina de la calle Winlok Park, en aquella parte del suburbio que los adolescentes de la zona, cinco veranos antes, habían bautizado como «el Lago de los Ahogados», tras la muerte de dos niños desatendidos por sus padres en una piscina. David recordaba acuclillarse por unos segundos para atar el cordón de uno de sus zapatos y ver de pronto el número de Ashcroft inscrito sobre el cemento de la vereda. Alguien había dibujado con sus dedos los títulos de los cinco libros y trazado una línea donde debía estar el nombre del sexto, aquel volumen jamás escrito por el novelista montanés. Al principio, David lo tomó como una simple y mundanal coincidencia, pero al llegar a casa y entrar en su habitación, las cinco novelas de Ashcroft que descansaban en su estantería cayeron al suelo de golpe. Decir que en realidad se habían «lanzado» al vacío no estaba lejos de las posibilidades. Aquella primera vez su madre lo llamó a cenar y evitó que las conjeturas invadieran su mente, pero con el paso del tiempo David empezó a notar que el número 12 345 era un signo premonitorio que se manifestaba cada vez que algo se transformaba en su vida, un guarismo que abría y cerraba etapas de existencia. El primer encuentro que sostuvo con él, aquella noche cerca del «Lago de los Ahogados», señaló el fallecimiento de su abuela Sophia en la residencia para personas mayores donde se encontraba internada, sin que David ni sus padres lo supieran hasta la mañana siguiente. Más adelante, el número apareció y desapareció algunas veces más, siempre en situaciones que antecedían un momento de crisis; así fue como lo volvió a percibir una tarde en la Congregación, en el fondo de una taza de cerámica, cuando bebía una infusión tonificante preparada por el doctor La Rouge.

Aparentar ser un simple remedo de Ziggy Stardust y Albert Camus no le molestaba en absoluto. El abrigo de cuello doblado, el cabello teñido de rojo y la piel pálida lo diferenciaban del resto de adolescentes de la escuela y le daban además el aspecto de un artista contemporáneo, que en el fondo era lo que David más deseaba. Con el tiempo, no obstante, su apariencia permaneció en aquella isla de ciencia ficción blanda y existencialismo, y lo que empezó como una simple declaración identitaria juvenil, terminó siendo la afirmación de una visión de mundo, a pesar de la obvia repulsión que sus padres y maestros sentían hacia él, y a pesar de que, con los años, las arrugas y la delgadez lo hicieran menos adolescente y más adulto, indiferente y a la vez menesteroso. Si bien jamás había publicado sus obras, era cierto también que David nunca había dejado de producirlas. Antes de hacerse miembro de la Congregación y entender el mensaje estelar de Rex, fue a la casa de empeño para recuperar su máquina de escribir porque sentía la necesidad de concluir algo, de hilar profundamente una trama que uniera todo lo que había escrito con anterioridad, pero luego de frecuentar la granja del encéfalo y descubrir en esas primeras traducciones el ardor y la firmeza espiritual con que Rex los comandaba, comprendió automáticamente que sus palabras eran innecesarias desde cualquier punto de vista, que había una solución final que no se hallaba en la literatura de la Tierra ni en las teclas de aquella añosa máquina de escribir que terminaría finalmente en un cubo de basura.

Tardó exactamente tres meses, tal y como el doctor La Rouge lo había predicho. El alumbramiento de los hijos de Rex y David tuvo lugar en el granero anexo al edificio central de la Congregación y fue mantenido en absoluta reserva. Ni siquiera Vana y Gurke habían sido notificadas de lo que iba a ocurrir. Instruido en la sintomatología del parto, el médico alienígena previno a David para que acudiera a su despacho si notaba sequedad en la boca o si sufría palpitaciones repentinas en el abdomen. Cuando ambos indicios se presentaron simultáneamente, David cruzó en secreto un túnel que unía la clínica a una sala subterránea en la residencia de Rex. En aquel lugar, tras sumergirse dentro de un tanque de plasma y ser conectado a un tubo de oxigenación, su cuerpo fue invitado a excretar el saco de líquido amniótico. La sensación de despedir las crías del cuerpo paterno, como le había anunciado La Rouge, no implicaba sufrimiento alguno; se asemejaba, más bien, a la expulsión natural de residuos metabólicos. Lo cierto era que sus descendientes híbridos, pequeñas larvas cetáceas de color lila, empezaron a nadar en la sustancia verdosa del tanque después de perforar con sus tentáculos la membrana blanda del saco prenatal. Su especie animal terrícola —así como sus recuerdos y sus miedos— se hallaban ahora ligados a la familia de un predicador espacial que se comunicaba por medio de portentosas bocinas y un mecanismo traductor.

El regreso a su habitación fue diferente. El sol había caído y sin duda David se sentía más liviano, pero con cada paso que daba esa levedad orgánica iba acentuando su miedo. Sus hijos —aquellos seres neonatos que fusionaban la esencia de Rex y la suya— flotaban ahora en un tanque distante, en el subsuelo y bajo el cuidado dictatorial de La Rouge. No podía tenerlos cerca, no podía observarlos nadar ni nutrirlos en la privacidad de su habitación como otros padres sustentaban a sus descendientes. En medio de aquel posparto nocturno, su barriga, hasta hacía un par de horas rebosante de líquido amniótico híbrido, se había transformado en una cavidad más. Ahora la auténtica existencia permanecía en el granero, en el tanque de plasma verdoso y en los cuerpos lilas de las larvas que había concebido para Rex. Deseaba, claramente, su proximidad, volver a ellas a través del túnel subterráneo del doctor La Rouge, pero a pesar del ahogo profundo que sentía, supo resistirse, y retornó más sereno a su habitación sin caer en la cuenta de que Howard lo había estado observando.

La última cita con la doctora Paulsen fue un día jueves, cuando David acababa de cumplir los doce años y empezaba a interesarse en serio por la lectura. Al despedirse, se dieron un abrazo a la entrada del consultorio y bromearon acerca de una película animada que por entonces se encontraba en los cines de la ciudad. La trama giraba alrededor de una colonia de abejas antropomórficas que debían reponer a su reina madre después de una ocupación de mígalas. David jamás fue a verla, por obvias razones. Para ese entonces ya era dueño de algunos números de *Andrómeda* y *Fantasía* y había intentado escribir su primer cuento después de ver en la televisión un viejo episodio de *Tierra de gigantes*. En su relato inconcluso, que guardaba algunas similitudes básicas con la serie, los humanos zozobraban en una versión paralela de la Tierra donde todas las formas de vida tenían proporciones enormes y el mundo era gobernado por una raza de quilópodos lucífugos y vehementes. David nunca pudo terminar de narrar el cuento porque tenía miedo de escribir el final. Quería con todas sus fuerzas que los humanos sobreviviesen y retornaran a casa pronto, pero el mundo que había creado para ellos era demasiado inhospitalario. Abandonar el relato antes de otorgarle un cierre era lo único que David podía hacer para que esos seres de quince pares de patas y colmillos venenosos no perpetuaran la lógica implícita del texto que había escrito.

No fue hasta que conoció la literatura de Ashcroft en las novelas y en las páginas de *Fantasía* que entendió cómo salvar a sus héroes. En la tercera entrega de la saga de *12 345*, volumen que David leyó primero que los demás, Ashcroft predecía que su protagonista volvería de un encierro de mil años y castigaría a sus enemigos, una raza de coleópteros que no cesaba de reproducirse y que lo había encerrado en un inframundo artificial donde las células nerviosas solamente podían ser torturadas. En las revistas, asimismo, relatos como «Muerte en Liberty Station» y «El emisario» hablaban de la necesidad insalvable de un héroe victorioso y redentor, y de un contexto conflictivo que representaba el desgobierno que lo veía nacer. Años después, los foros de internet dedicados al culto de Ashcroft, atestados de *nerds* de diferentes latitudes, hablantes de inglés de primera y segunda lengua, recopilaban en ficheros mensuales apuntes sobre cada héroe y heroína del canon del escritor montanés desaparecido, una base de datos que clasificaba una larga cadena de personajes que jamás se abandonaban a la pasividad suicida, y con la que David, cuando era un narrador joven en el Ontario de la era predigital —cuando caminaba hacia la escuela y pensaba despierto en sus universos posibles—, habría querido contar cada vez que se preparaba mentalmente para una nueva sesión de escritura.

David notó una noche una hinchazón en la parte más baja de su abdomen, hacia los límites del suelo pélvico. Imaginó en un primer instante que era el efecto de la cena. Después del parto, ciertamente, había sentido la extraña necesidad de comer en exceso alimentos que aumentaban la distensión del cuerpo y la producción de calambres musculares. Cuando volvió a experimentar una molestia similar al día siguiente y ver una especie de bubón turquesa acercándose a su ombligo, fue de inmediato a buscar al doctor La Rouge, quien pasó a examinarlo con un rostro que denotaba verdadera incomodidad. Las tomografías revelaron una especie de teratoma inmaduro con forma de anémona, provisto de cirros y discos orales. El doctor La Rouge parecía estar viendo un fantasma conocido, y permaneció en silencio hasta que David, con un comentario sarcástico, lo despertó de su abstracción. Era, le dijo, un antozoo producto de la gestación de las larvas, operable, pero debían actuar rápido. De dejarlo crecer más y arrinconar en demasía algún órgano, podría ser adverso para él. David notó un tono de inseguridad en sus palabras y le exigió la historia completa. El doctor La Rouge se apartó lentamente de él y caminó hacia una de las ventanas de la habitación, dirigiendo la vista hacia los cerezos que envolvían la granja: «En verdad pensé que por ser el macho de la especie, y haber sido capaz de parir, usted no sufriría el mismo destino de la primera gestante.»

Después de abrir el reloj de bolsillo de Ashcroft y observar la proyección de luz que emitía, el alguacil Edwin Morris se aseguró de que ninguna de las dos pertenencias que había dejado el escritor en manos del señor Thompson regresaran a la comisaría de su jurisdicción. Evitó también archivar el informe de la deposición del anciano y preparó uno nuevo donde se relataba la historia de un animal doméstico envenenado en horas de la madrugada. Dos días después, un poco antes del mediodía, se acercó a la residencia del señor Thompson con una buena noticia: el dueño del reloj y la billetera había sido localizado errando por uno de los laberintos industriales de Gran Rapids. Se trataba de un desventurado hombre con trastornos de identidad, que perdía a veces la cordura y pensaba que debía volver a enlistarse en el ejército. Sus familiares, sobre todo su esposa Clara, se hallaban muy agradecidos, y le enviaban un sobre con una nota que elogiaba su cortesía y preocupación. El señor Thompson, halagado y satisfecho con la visita del alguacil, nunca más volvió a pensar en Ashcroft. Nueve meses después, el 14 de mayo de 1951, moriría por causas naturales. La tarde que visitó a Thompson, sin embargo, Morris también falsificó remitentes y envió sendas cartas a un diario en Montana y a otro en San Francisco, esperando que algún redactor poco cuidadoso divulgara la noticia del fallecimiento del escritor a causa de una supuesta enfermedad venérea. Carrie-Ann Ashcroft, prima hermana del novelista, leyó una nota muy concisa acerca del destino de su familiar en una edición del *Great Falls Tribune* publicada dos semanas después, y dudó muchísimo de su veracidad. Su primo era conocido por ser un hombre que manifestaba una misantropía constante, enemigo de las relaciones de cualquier índole, y la decadencia fragorosa de una enfermedad venérea no encajaba en absoluto con su personalidad. A mediados de los años setenta, no obstante, cuando el rumor ya había crecido medianamente, Ada Thompson, lepidopteróloga y sobrina del anciano de Grand Rapids, se topó por accidente con la noticia y narró para dos revistas neoyorquinas, una de ellas dedicada a la divulgación paranormal, el encuentro de Raymond Ashcroft con su tío. Para ese entonces, sin embargo, las mentiras del alguacil Morris ya habían logrado sembrar dudas respecto del final del novelista y transformarlo en un autor de ciencia ficción de culto.

La víspera de la intervención quirúrgica David creyó ver —pudo haberse tratado de un espejismo debido a la desintoxicación de su cuerpo y la dieta obligatoria ordenada por el doctor La Rouge— una nueva manifestación del número 12 345. El título de la saga, signo premonitorio que brotaba súbitamente desde algún resquicio del espacio-tiempo cuando algo se transfiguraba en su vida, se hallaba esta vez en una de las paredes de su habitación, encerrado en la forma de tenues sombras ramificadas. Aquella presencia espectral que lo hostigaba desde la adolescencia, sin embargo, no alargó su espesura sobre la superficie de yeso blanco de la pared más allá de unos cuantos segundos, y David, demasiado amodorrado por culpa del efecto del sueño, simplemente cerró los ojos sin prestarle verdadera atención.

Soñó con el tiempo en que la abuela Sophia preparaba chocolate caliente y horneaba botones de almendra. Jasper todavía vivía y posaba las patas sobre la mesa del comedor para que David le diera un bocadillo de lo que estuviese a su alcance sin que la abuela reparara en ello. Era una época de candidez y películas de Ann-Margret y Dick Van Dyke en las que la música siempre triunfaba sobre la desolación, plagada de humor saludable y barquillos de canela y miel, de sonrisas de papá y mamá flotando desenvueltamente por las calles de Toronto, de torres de hormigón descomunales que crecían hasta perderse en la infinitud del cielo satinado. Era la época en que David, carialegre y vocinglero, aún no les temía a los artrópodos ni había leído una sola página de la obra del montañés.

Al abrir el abdomen ocupado y escarbar en la carne de David, La Rouge confirmó lo peor. El antozoo ya había logrado suscitar algunas supuraciones en parte del intestino grueso y había infiltrado con sus cirros tanto el colon sigmoide como la antesala al canal anal. Su rápido crecimiento hacía que los interiores de David fuesen irreconocibles para la vista experta: por dentro, en realidad, ya no era un humano, sino una mutación incómoda que buscaba salir de la estrechez y el avasallamiento de un organismo que le imponía drásticas limitaciones. Si no había muerto todavía, le explicó La Rouge, se debía a que el pus segregado era a la vez el nutriente principal del antozoo —la criatura que se alimentaba progresivamente de la inflamación de su cuerpo para transformarlo en una naturaleza somática que fusionaba ambas vidas. El antozoo, por consiguiente, no era un enemigo de David en el sentido literal, sino su forma nueva en crecimiento y reintegración. Se estaban haciendo uno, y David debía tomar la decisión de extirparlo de inmediato o seguir modificándose junto a esa novedosa instalación multicelular que en realidad ya era él, y que con el tiempo los vincularía más y más. Si bien la primera gestante había preferido fallecer antes que dar a luz e hibridarse en vida, David aún podía elegir una conclusión diferente y sobrevivir.

Habían pasado dos semanas desde el alumbramiento en el plasma verdoso del tanque y David se reencontraba con sus hijos por primera vez. Las larvas solo habían crecido unas cuantas pulgadas, pero su desarrollo empezaba a ser notorio. El doctor La Rouge le había recomendado visitarlas con discreción, ya que su existencia en la granja seguía siendo un secreto para el resto de hermanos. Era la voluntad de Rex que la Congregación continuara sus funciones sin saber de ellos ni de las posibilidades reproductivas que se manifestaban a causa del vínculo interespecie. A David, a decir verdad, no le molestaba el misterio en el que se hallaban envueltos, lo prefería de ese modo. Eran hijos suyos y no deseaba compartirlos con nadie, tampoco convertirlos en una burda propaganda religiosa ni paramilitar. En aquella sala-guardería ambientada al subsuelo, David los hacía inmunes al exterior, protegidos de las jornadas de entrenamiento de Vana y Gurke, de los cenáculos y hasta del grácil andar de los animales en el bosque de cerezos. No pensaba ofrendarlos a la superficie ni permitir que sus pequeñas vidas se mancharan con la realidad terrestre o la rutina de la cruzada humano-alienígena que impulsaban las traducciones de Rex. Allá afuera, quedaba lo espantoso y lo grotesco. Dentro del tanque, en cambio, reinaba la preciosidad de su frágil textura en oposición a la guerra. David ya había decidido dejar que el antozoo siguiera avanzando y succionando sus supuraciones, haciéndose y modificándose mutuamente cada día más. Viviría por las larvas, sus hijas: esas pequeñas criaturas híbridas que nadaban del otro lado del cristal.

Vana y Gurke se plantaron frente a los demás miembros de la Congregación portando dos dispositivos globulares. Parecían esferas metálicas inofensivas, del tamaño de pelotas de sóftbol, pero presentaban en su diseño una especie de lente de vidrio triangular en bajo relieve. De acuerdo con las siamesas, funcionaban a través de neurovinculaciones, podían utilizarse de manera manual, simplemente sosteniéndolas, aunque también eran objetos levitantes capaces de perseguir y acorralar blancos específicos en movimiento. Para ilustrarlo, Vana lanzó uno al aire y lo condujo velozmente hasta la parte del campo donde una de las ciervas limpiaba su piel, ordenándole urdir un bucle invisible entre sus patas y circundar el cuello y la cabeza del animal. A continuación, disparó un destello láser que desintegró tres cuartas partes del cuerpo, dejando solo las patas traseras en equilibrio relativo por unos segundos, mientras el resto de la manada se alejaba confundida. Cada hermano, dijeron las siamesas antes de finalizar, recibiría dos orbes y aprendería a utilizarlos a la perfección, vinculando sus mentes con las máquinas, formando un ciberorganismo dispuesto a defender a la Congregación de los ejércitos antagonistas que las traducciones de Rex sindicaban a diario.

Desde el nacimiento de las larvas, David se sentía mucho más ligado a Rex, a pesar incluso de la mutación que sufría internamente y de que esta se manifestaría tarde o temprano en una geografía corporal insólita. En varias ocasiones había repetido la experiencia en el inmenso depósito, subiendo desnudo las escalerillas y abriendo la puerta estanca hasta sumergirse en el plasma verdoso de Rex. Aquel cuerpo cetáceo con contextura de medusa lo estimulaba vivamente; ser absorbido por él para luego salir por su cavidad rectal, adornado de infrasonidos y de un concierto sensorial de nubes áureas. Era una experiencia que, aunque parecía ilógica y poco natural, los maridaba inevitablemente más allá de las larvas que habían engendrado: la pupila dilatada del líder de la Congregación, sus pequeños tentáculos temblorosos en la flaqueza y la fragilidad del éxtasis, las traducciones permanentemente hedonistas del intérprete artificial de Rex —como si perteneciesen a un mantra compuesto en una ampolla benévola de Espíritu Santo—, repitiéndose una y otra vez en su cabeza y en la cabeza cambiante del antozoo.

Los congregaron en el granero cerca de las seis de la tarde. Vana y Gurke, el doctor La Rouge, Howard y David, novicios y experimentados formaban un círculo alrededor del colosal tanque de Rex. Sus esferas metálicas, reflejando la transformación de la luz vespertina, levitaban en estado de suspensión sobre sus cuerpos, mientras la máquina traductora interpretaba las palabras de un encéfalo profundamente efusivo. En ese momento, Rex demostraba ser un animal erudito en la retórica político-religiosa y en la pulsión erótico-militar de la galaxia, preparado para la confrontación definitiva, inflando y desinflando sus tentáculos mientras divulgaba su plan de ataque y elevaba la moral de la Congregación, que estaba lista, según decía, para todo lo que se avecinaba: «...liberarse es olvidar el destino impuesto por las reglas de la dominación, abrirse al deseo y las ganas de sobrevivencia. No hay absolutos universales, hermanos y hermanas, solamente subversiones, revelaciones...»

Sucedía igual que en las películas, pero de algún modo la realidad era más dolorosa. El sonido de los proyectiles de energía retumbando en los tímpanos. Los cristales de las ventanas y las vigas de madera hechos añicos. Las ráfagas de polvo y vidrio quebrado sacudiendo e hiriendo la carne, perforando órganos oculares y cerebros, zarandeando cada célula nerviosa y dislocando las promesas del dogma inculcado. Los neópteros de Mlodzik asolaban sin misericordia la granja de la Congregación. La mantis se había anticipado al rebaño de Rex, mientras que decenas de cervatillos y sus madres, babeando sangre y saliva, corrían horrorizados buscando refugio. Vana y Gurke, en otra parte del complejo, defendían el perímetro del granero junto a un puñado de hermanos de cabezas rapadas, asistidos por un pequeño escuadrón de dispositivos globulares vinculados a sus neuronas. Las esferas metálicas circundaban el cielo del amanecer, protegían a sus pilotos haciendo rápidas maniobras en zigzag o embistiendo en línea recta a sus enemigos. Acertaban la mayoría de las veces, pero su número era muy limitado en comparación con los cientos de nimbos de neópteros que poblaban y repoblaban el espacio visual. Habían atacado primero las barracas, liquidando en pocos minutos a gran parte de los acólitos de Rex. Los que quedaban y resistían, magullados o afectados por el miedo, caían uno por uno, mientras las explosiones se reproducían como una enfermedad contagiosa en sus oídos, desmembrándolos psíquica y físicamente, oscureciendo aún más la tenue luz de la primera mañana.

Cuando empezó el ataque al complejo, David se hallaba en el consultorio del doctor La Rouge. A pesar de las instrucciones de Vana y Gurke de no separarse de los dispositivos, aquella madrugada se había desvinculado de sus esferas porque pensaba visitar la cámara de las larvas. El asalto, sin embargo, lo sorprendió en medio de una conversación acerca de su estado de salud. La Rouge, confundido por el bullicio de los artilleros y la súbita urgencia de los suyos, observó a través de la ventana al primer nimbo de neópteros desmoronar la tranquilidad de la Congregación. Intuyendo lo que sucedía, David urgió al doctor a que tomara la ruta hacia el subsuelo y protegiera a toda costa la guardería, mientras él se unía a los demás en la defensa de la granja. A la par que decía esto, sin embargo, Howard lo atacó arteramente y lo ensangrentó, en tanto que sus esferas perseguían al doctor La Rouge a través del corredor subterráneo. El cuerpo de David empezó en ese momento a trepidar en el metal punzante como una masa inconcreta y viscosa, provocando que Howard presintiera la llegada del colapso *postmortem* de su amigo. Aquel compañero de clases y de lecturas que había conocido en la escuela, su hermano en la Congregación, se derretía ahora ante sus ojos como una especie de plastilina depravada. Tenía que ser esa, en efecto, la muerte después de la Congregación y la cópula con Rex. Tenía que ser esa convulsión anómala el final del escritor envanecido que le había arrebatado el único parto que aún le quedaba en vida. Había llegado al fin la sanción para aquel fóbico desleal, por desposeerlo de la semilla y el fruto de la carne. Cuando de pronto, el antozoo en su máxima expresión —aquel David mutado y refundado—, plasmó toda su corporeidad sobre la boca abierta de Howard como si de un caldo espeso y hambriento se tratase, y succionó con la ayuda de sus cirros alargados y lechosos cada hueso y partícula básica, cada molécula y átomo de la ingenuidad, hasta relamerse en la nada absoluta del hermano traidor y recordar que allá afuera, en la granja incendiada de Rex, reinaba todavía el caos.

Con ese cuerpo desconocido y devastador que lo fusionaba por completo al antozoo, David auxilió a Vana y Gurke y a los pocos hermanos que resistían en el granero, y sin embargo sus esfuerzos no fueron suficientes para impedir la ruina. Las siamesas yacían a unos cuantos pasos del reservorio de Rex, abiertas de par en par por el tórax; sus esferas metálicas, hundidas en el suelo, inservibles para la batalla sin los vínculos continuos a su red neuronal. Aplastado por su propia tragedia, Rex perecía en el fondo del tanque luego de que el cristal de su reservorio fuera perforado y el plasma verdoso sacrificado a los dioses de la extinción. Su organismo encefálico, como el de una criatura acuática sin mareas, se dilataba y se contraía involuntariamente mientras la pupila de su ojo-tarsio dejaba de ser. En medio de esa muerte lenta, Rex pronunciaba sílabas misteriosas que ya no podían ser interpretadas por el mecanismo traductor, fulminado en el cerco a la granja minutos antes, y David, que aún deseaba escucharlo y aún deseaba amarlo, ansiaba también acercársele y palpar con sus cirros aquella forma lila por última vez, a pesar de que el ejército de Mlodzik lo había paralizado al intentar darle socorro, a pesar de que se hallaba adherido al suelo del granero como una pegajosa resina.

La cabeza romboide de la araña se empeñaba ahora en consumir los líquidos de su cuerpo. David podía sentir aún las patas cerdosas y los quelíceros ejercer presión sobre sus músculos y órganos ventrales, pero cada vez con menos vigor, como si por culpa de la toxina la sensación de la muerte se hubiera diluido poco a poco, como si se hubiera disipado y enflaquecido en aquel aire olvidado de la casa de infancia. El veneno del monstruo biomecánico lo mantenía inmóvil mientras las succiones de aquella pesadilla primitiva iban secando sus intestinos. Había bastado con una sola picadura del animal, lo suficiente para dejarlo paralítico y deshabitado.

Poco después, lo condujeron a un lugar que no reconocía, tal vez a una nave, quizá a un mundo infiltrado en su mundo. David despertó postrado en una suerte de soporte cristalino que le hizo pensar por un momento que levitaba. No sabía cuánto tiempo había pasado desde el asalto a la granja, pero cuando recordó que debía conservar la vida de sus hijos, lo arremetió de pronto el horror de verlos calcinados junto al cuerpo del doctor La Rouge, después de que las esferas de Howard cumplieran su misión en las honduras de la guardería. Recordó buscar venganza inmediata, cortar en dos y en tres a decenas de neópteros que intentaban injerir en su avance hacia el granero, bebiendo los fluidos de sus cabezas, pero todo ya había finalizado. La cólera y el aborrecimiento no bastaron para siquiera navegar con Rex hacia otro punto del manto estelar. Quiso entonces incorporarse, pero mientras más lo intentaba, más una fuerza externa lo mantenía adherido al cristal, hasta que la voz de su enemigo, desde una cabina lejana, le pidió que dejara de humillarse en vano: «… debo ser honesto, David, siempre creí que serías tú y no Howard, quien se daría cuenta de todo. Eras el más indicado, y sin embargo las cosas se resolvieron de la forma menos esperada para mí. Está claro que el resentimiento llevó a Howard a las respuestas que mi plan requería, pero aún así preferiría compartir este triunfo contigo. Dos escritores victoriosos, como en una novela decimonónica Es algo muy romántico, lo sé. Aunque suene ingenuo, aún conservo algo del romanticismo de mis héroes, aún después de tantas odiseas y batallas. Debo admitir que la traición de Howard también lo es, una gesta romántica y heroica, y todo simplemente porque no pudo convivir con la conclusión de su genealogía, saberse finito... La Tierra no podía caer en manos de Rex porque la Tierra es nuestra, David. Por miles de años su civilización lo ha intentado, y durante el mismo tiempo la nuestra se ha defendido con la ayuda de otras especies. Alguna vez fui alguien como tú, preocupado solamente de mis introversiones y apetitos, incrédulo, pero hace mucho tiempo otra persona me enseñó la verdad, y por eso pensé que mis mensajes te ayudarían a ver algo distinto. No fue así, claro, aunque es cierto que todavía estamos a tiempo de revertir las cosas. Supongo que piensas que soy un monstruo, que asesiné a tu amante y a tus hijos, pero el efecto del Espíritu Santo que tanto han inyectado en ti menguará en los próximos días, y tendrás tiempo suficiente para pensar en todo lo que te he dicho hoy. La verdad es que la maldad y la bondad son relativas, David. Puedes creer que soy una mantis religiosa que desea conquistar el mundo o llegar a la conclusión de que te hicieron creer que soy una. Odiarme o amarme, finalmente, será tu prerrogativa. Hace muchos años, cuando me eligieron para esta lucha, un alguacil de apellido Morris confió en mi palabra y me ayudó a preparar las redes que necesitábamos allá arriba, mientras yo las alistaba aquí, en lo profundo. Verás, David, Rex no era el único ser de su especie en la Tierra, sin embargo por el momento nos hemos librado de los que son como él. Te va a costar creerlo, confiar en mí en estas circunstancias será quizá tu mayor reto, pero te repito que tienes todo el tiempo del mundo para pensarlo. Muy pronto, además, podrás volver a caminar por tu cuenta. Y aunque es cierto que no puedo devolverte el cuerpo que tenías antes de la copulación, lo que sí puedo ofrecerte es otro camino, otra culminación para ti, David, porque ellos regresarán algún día.»

*Nebulae*

Perderse significa ir hallando y no saber qué hacer con lo que se va descubriendo.

CLARICE LISPECTOR

Debo confesarte que en algún tiempo y lugar existe otro David, y que ese organismo furtivo y maltratado que lleva tu nombre tiene también un conocimiento profundo acerca de las larvas. Ellas, desde luego, están al tanto de que más allá de sus periferias e intersticios existen orugas semejantes, y saben también que aquellos cuerpos vermiformes conocen a otro David, un David que no es precisamente el suyo, porque lo cierto es que tú eres el David que mutila y no el que copula. El David que mutila entiende que las formas y las temporalidades poseen libertades cromáticas; debido a ello, danza y pervive de acuerdo a su propio equilibrio y proporción en un mundo paralelo a otros mundos paralelos, en una nébula aledaña a otra nébula. El equilibrio y la proporción, asimismo, son regularidades falaces que alteran la perspectiva, trucos e ilusiones ópticas, porque ningún objeto, ningún sujeto, ninguna fotografía en blanco y negro, puede en realidad captar la simetría exacta de un objeto, de un sujeto, de una fotografía. Te lo ruego, David, hazlo por mí, tus senos postizos, esos senos que son dos manos cercenadas y llevas pegados al tronco, y el negligé oscuro que vistes cuando presumes de las falanges y los huesos metacarpianos... Por favor, David, despierta y póntelos esta noche para mí, átalos a tu tronco como has hecho antes y déjame verte modelarlos delante de mí, David. Tus senos de hombre cercenador, los senos postizos que mutilaste a nuestra llegada a este sanatorio en ruinas y que guardas en un cofre helado. Los senos copiosos que ahora deseo con impaciencia, sodomizado por la fuerza de un mar oscuro e intemperante. Modela, David querido, hazlo si en verdad me amas. Ostenta una vez más ese cuerpo-collage que reconstruí con tantos llantos y sangre, baila en estos pasadizos y salones, retoza nuevamente en las galerías apagadas de este sanatorio arruinado. Quiero que me abraces como solías, que acaricies mi vientre sucio, que digas que mi piel surcada por la enfermedad aún te excita mientras entierras otra vez tus pechos en mis conductos tétricos. Quiero pasar el resto de mi vida contigo y esos senos de hombre mutilador, tal y como sucedió hace un año en la ciudad de Breslavia. No me importa que en el fondo seas una ginoide recluida en el cuerpo de un cercenador de manos y pies. No me importa ser un monstruo indecoroso, marcado por la hinchazón sistémica de sus ganglios linfáticos. Soy lo que soy, una ramera extrasensorial, un animal sensorial, un monstruo que necesita la frecuencia del sexo para lidiar con la ruina diaria de este sanatorio que alguna vez abrigó nuestro segundo beso en la azotea. ¿Aún me amas, David? ¿Aún te inclinas por mí como hace un año en la ciudad de Breslavia, cuando decías que tus pechos metacarpianos no tocarían las mejillas de otra persona? Sé que en realidad eres una ginoide atrapada en la forma de un mutilador catatónico. Sé que aún me amas, pero por favor dime que soy el secuestrador de tus minutos, David. Necesito que lo digas a viva voz y que perfores con tus pechos postizos mi boca sedienta, mi boca necesitada, mi abertura de monstruo incontinente. Lo necesito porque la oruga me lo pide. Esa larva vermiforme invade mi cabeza y me lo demanda a diario, David, noche tras noche: verte danzar como danzabas hace un año en la ciudad de Breslavia, tu cuerpo-collage y el negligé negro, tu cuerpo-collage y mis ganglios inflamados, la bella y la bestia, la ginoide y el monstruo, el mutilador y la nébula. Oh, David, la catatonia te ha secuestrado, pero por dentro sabes bien que eres un artista del *grand battement*, un cuerpo impetuoso y eterno, y yo lo sé tanto como tú. Sé que el ballet es tu razón de existir, tu sabiduría. Eres el arte en este sanatorio construido por la hermandad de los Mohrhaus: la única gentileza divina en un rincón del universo controlado por la voluntad del encefalograma. Las sombras y los seres reptiloides que rondan los pasillos de este hospital en ruinas nos hablan de la cura trascendental, la cura que te hará retornar del mutismo humillante al lenguaje venéreo. Cuánto ambiciono palpar tus agitaciones y deslizamientos otra vez, David. Esos gráciles vaivenes, tu cuerpo semidesnudo; a pesar de que soy consciente de que no eres el David que copula sino el David que mutila. Cuánto deseo que ates a tu tronco otra vez esos pechos postizos, y las manos cercenadas que pueden decir tanto acerca de nosotros dos: una ginoide atrapada en el cuerpo de un mutilador, un hombre deformado por la inflamación de sus ganglios. Sé que parezco estar hecho de un circuito de protuberancias enfermas, pero hace un año, cuando nos conocimos por primera vez, era terso, y más joven, no cargaba estas dos décadas de morbo. Hace un año en Breslavia tú y yo reíamos bajo la luna, y sabíamos, estábamos absolutamente seguros, que nunca llegarían ni el futuro ni el fin, porque nuestro presente carnal era todo para ambos. Nuestro presente hace un año tenía un semblante confiado y sereno, querido David, cuando te conocí por primera vez en aquella fiesta de conmemoración, lejos de este sanatorio arruinado por la guerra, lejos de los refrigerios de pernil agrio y pasta viscosa, y de las medicinas para controlar la depresión y las perpetuas estrangulaciones de los pacientes. Desde el día que nos recluyeron en este sanatorio he aprendido a odiar la guerra y falsificar sonrisas para que los médicos piensen que soy un poco como ellos, aunque sé que siempre, en el fondo, escuchan las ondas de una música extraña emanando de mí, una música absurda que tiene sabor a poliestireno y a esas protuberancias enfermas que marcan mi piel. Oh, David, si la guerra terminara hoy, saldríamos juntos de este sanatorio. Tú danzando, un artista del *grand battement*, y yo besando con delectación tus pechos postizos, cada dedo de esas manos mutiladas que cuelgan de tu tronco. Sin embargo, la conmoción de la barbarie continúa allá fuera, y ni la doctora Ferdinand ni la doctora Zabriskie, y mucho menos la cirujana Cronen, consentirán nuestra salida hasta que finalice la Guerra de los Huesos. Pero ellas no conocen mis tránsitos, no saben que todas las noches escapo sin ser visto por el celador, que fugo incansablemente, que he aprendido a salir de este sanatorio sin ser visto por el viejo celador. Es el arte, querido David. Yo también soy el arte. Y cuando escapo por una pequeña ventana del pabellón para pacientes cropófagos hacia esa guerra que tanto aborrezco, lo hago porque deseo con todo el fervor de la creación acabar con ella de una vez por todas, vencer a vencidos y victoriosos para que tú y yo podamos amarnos en libertad, como hace un año nos amamos en la ciudad de Breslavia, aquella noche que te conocí. En esa época, yo era terso y joven, David, y no cargaba sobre mis hombros los veinte años siniestros de esta enfermedad linfática. Mis ganglios eran estructuras imperceptibles, y fue en esas condiciones corporales que te enamoraste de mí y de mi pasión por tu origen artificial. ¿Lo recuerdas? Yo lo recuerdo tenazmente porque la memoria se repite. Era joven y terso, y tenía unos ganglios briosos que lamían las manos cercenadas que colgaban de tu tronco lampiño. No sabía aún que eras una ginoide recluida en el cuerpo de un mutilador, pero no tardaste en contármelo mientras un camarero muy acicalado se acercaba para ofrecerte una copa de vino. ¿O acaso la copa simplemente estaba vacía? Ese detalle, desde luego, carece de significación, pero la historia de tu cuerpo encerrado sí que la tiene. Me contaste aquella vez que habías nacido en una región inaudita, envuelta en la bruma que humecta los Cárpatos, donde los osos europeos y los lobos grises celebran sacrificios cuando la oscuridad abre sus fauces y la noche deprava los caminos de barro y las comarcas. Era un castillo, o me hiciste entender que era un castillo moldavo, construido por un noble falto de fe que fue desposeído de sus patrimonios luego de casarse con una mujer homicida. Esta mujer, relataste aquella noche cuando nos conocimos en Breslavia, era discípula de un culto secreto, y amante de un sacerdote oscuro, y el noble que había contraído matrimonio con ella no fue el primer aristócrata en sucumbir ante el hechizo de su voz. Después de desnudarlo y prometerle el licor de su pubis, la mujer le cortó la cabeza pronunciando una canción tenebrosa, y esta rodó como un balde de madera enmohecida por las baldosas de piedra del cuarto. Por unos segundos, la cabeza del aristócrata mantuvo una expresión de asombro y desconcierto, moviendo las mandíbulas como un muñeco desagradable a pesar de haber sido removida de su lugar de origen y de no aferrarse ya a las ligaduras raquídeas. Sin laringe ni pulmones, sus palabras fueron ciertamente imperceptibles para la degolladora, quien luego de observarla gesticular de manera grotesca, la tomó del cabello y la lanzó descortésmente por un ventanal. La cabeza rodó y rodó hasta caer en las manos de un porquero dipsómano y enjuto, quien se la dio a sus animales de granja, y estas criaturas pestilentes, unos cerdos monstruosos que no conocían otra actividad más que la de ensanchar sus carnes, devoraron la materia blanca y la materia gris de la cabeza. Tú fuiste fabricado tiempo después, David. Hecho a imagen y semejanza de la mujer homicida. Creado por su amante, el sacerdote oscuro, mezclando jofainas de arena, lonjas necróticas e hilos de metal. Una tormenta eléctrica les dio vida a tus circuitos y órganos terrenales. Un rayo de energía te despertó de la inutilidad, y caminaste como una criatura nueva, pronunciaste las primeras palabras —que eran solamente sonidos amorfos y sin significado—, besaste con delicadeza y adhesión las manos de tu padre. Y él, junto a la mujer degolladora, te enseñó a ser una mujer artificial, a descodificar el lenguaje humano y practicar la trigonometría, y a descubrir en los espejos del viejo castillo el que sería tu valle inquietante. Ese aprendizaje te hizo comprender, doce años después del día de tu nacimiento eléctrico, que eras muy diferente a quienes te habían educado, un ser especial y paradójico, y que debías partir para encontrar a tu yo verdadero en las lejanías del orbe, dejar atrás la bruma de los Cárpatos, donde los osos europeos y los lobos grises celebran sacrificios y depravan las comarcas cuando cae la noche. Y así, sin que ellos lograran advertir tu verdadero propósito, sin que pudieran escuchar tus pisadas alejándose del antiguo castillo moldavo, los abandonaste cuando los grillos frotaban sus cuerpos, porque querías ser tú. Y aquella vida errática en otros reinos y países te enseñó que la independencia era en realidad una ruta hacia la destrucción, pero también una curva hacia el sensualismo y la complacencia del cuerpo. Fue así como aprendiste a danzar como una sílfide plateada, a abanicar y contorsionar tus piernas artificiales frente a hombres y mujeres de Boracay, de Oskarshamn, de Marsella. Te convertiste en una artista del *grand battement*: esplendorosa, elegante en sus glúteos y músculos gemelos, y danzaste ofreciendo tu cuerpo de arena y alambre, fuiste de dársena en dársena, de puerto en puerto, una ginoide diseñada a imagen y semejanza de una mujer asesina, constituida de lonjas necróticas e hilos metálicos. Y una noche, en la ciudad de Breslavia, en la fiesta de aniversario de una revolución fallida, nos conocimos en un mirador, hace un año de aquel encuentro providencial, cuando me relataste por primera vez la historia de tu cuerpo cautivo. En ese entonces, recuérdalo bien, yo no sufría esta enfermedad pavorosa que ennegrece e infecta los ganglios linfáticos, y tú todavía no eras David, aunque te encontrabas a punto de convertirte en él. Pero había algo en nosotros que nos susurraba con misericordia, mientras un camarero muy bien vestido te ofrecía una copa de coñac (si mal no recuerdo fue coñac lo que te ofreció aquel hombre de piel cetrina), que nuestra unión de cuerpo y alma tenía todos los indicios de ser una alianza sensible y perpetua. Y lo es, aún después de los bulbos que desfiguran mi carne y de la facha de mutilador que ha cubierto tu cuerpo de arena. Estamos aquí, juntos tú y yo, David, en este sanatorio en ruinas construido por la hermandad de los Mohrhaus, esperando que concluya la Guerra de los Huesos. Mi enfermedad empezó como el bostezo vacío de un niño sordomudo y se convirtió rápidamente en un alarido dominado por la rabia, te lo conté aquella noche en la fiesta que nos reunió por primera vez. Fui al médico a hacerme un examen de rutina. Recuerdo aún los detalles de la mañana en que todo se transfiguró para mí. Mi esposa había preparado café y tostadas con mermelada de arándanos para el desayuno. Nuestro hijo, un joven llamado Travis, esquivo y hermoso a la vez, nos había anunciado la noche anterior que se presentaría a la marina, pues deseaba separarse de inmediato de sus compañeros de escuela, y también de los rizomas que lo ligaban a nosotros. A su regreso de la zona de combate, dijo sin mucho interés, tal vez se matricularía en la universidad y estudiaría una carrera adecuada, o quizá nunca tomaría esa trayectoria y se dedicaría a labrar la tierra o a destruirla. En aquella época, se propalaba por la televisión de señal abierta un conflicto armado en una región pastoral, avivado en realidad por los servicios secretos de nuestro país. Mi esposa y yo sabíamos que Travis, de ir al frente de batalla con los marinos, nunca regresaría a casa, pero por alguna razón que aún hoy me confunde y enerva, evitamos contradecirlo, dejando que tomara sus propias decisiones respecto de su futuro en la milicia nacional. Al darme el adiós la mañana siguiente, el rostro de mi esposa era el de una mujer atribulada y sin estelas de maquillaje, que sin embargo intentaba sonreír con cordialidad y desviar el enrojecimiento que irritaba sus ojos. Sin querer expresar demasiado, le hice un gesto de adiós con la cabeza y retrocedí el auto hasta encontrarme en el ángulo preciso para avanzar. Conduje así por la calle de nuestro barrio durante un par de minutos, desentendiéndome cada vez más de los asuntos de la casa, y tomé después una vía auxiliar que me conectó con una avenida próxima y de mucho tránsito. A mi lado, eran cerca de las diez de la mañana cuando todo esto se iba revelando como en una cinta cinematográfica de muy poca utilidad, había automovilistas de todas las edades y fisonomías, sin embargo me llamó la atención sobremanera un hombre muy parecido a mi padre, ubicado en la vía de la izquierda, que trataba de memorizar información escrita en un cuaderno de espiral mientras el semáforo en rojo nos mantenía detenidos. Su cabeza se inclinaba y leía la información prontamente, y volvía después a subir para vocalizar palabras que mi posición espacial me impedía entender. Por unos pocos minutos, sin embargo, quise adivinarlas, y estuve enfrascado en ello hasta que el sonido punzante de un claxon cercano me despertó, y tuve así que volver a avanzar, desconociendo la profundidad del secreto que susurraban sus labios y que tal vez —supongo ahora— me hubiese servido para deducir símbolos importantes o acercarme a otros misterios. El centro médico donde había concertado la cita era un edificio de tonos celestes y arquitectura de formas cúbicas y tubulares. Maxwell, amigo de la familia desde nuestros primeros días de casados, me atendió después de solo cinco minutos de espera. Su consultorio parecía haber sido recompuesto recientemente, pues había cierto aire de novedad en las pinturas de aire neoexpresionista que ornamentaban los muros. Durante el examen médico, sin embargo, no sentí ni observé nada irregular. El estetoscopio de Maxwell, como tantas otras veces, se paseó por mi pecho y espalda, y mi control de reflejos era el esperado para un adulto sin condiciones preexistentes. No fue hasta que le expuse, a modo de anécdota trivial, que sentí una angustia impropia cuando su asistente me sacó la muestra de sangre —no precisamente en el umbral de la vena sino en las profundidades de mi cerebro y de la médula espinal—, que Maxwell cambió inesperadamente de expresión, y junto con su semblante aturdido también la lámpara fluorescente que alumbraba aquel consultorio que había visitado en tantas otras oportunidades. En ese momento atípico, todo pareció ser atenazado por una nube de sombras, contaminando poco a poco los cristales que daban a un jardín de flores y enredaderas, el instrumental médico en los gabinetes de Maxwell, e incluso la mesa de exploración donde me había auscultado hacía tan solo minutos. Mi cuerpo, hasta ese día ordenado y ciertamente saludable, pasó a convertirse en esta acumulación de bulbos y atrofias cutáneas. Fue una intempestiva metamorfosis que se inició con la perturbación de tan solo un ganglio debajo de la mandíbula, pero de pronto, mientras la figura de Maxwell empezaba a confundirse en una especie de gráfico vectorial hipnótico, invadió también la totalidad de mi materia, formando cadenas de protuberancias purpúreas en las fracciones laterales del cuello, la parte posterior de la cabeza, detrás de los oídos y en el área de la ingle y las axilas. Nunca más volví a ser el hombre de antes, David. Y corrí. Corrí desesperado hasta disolver con mi pie impetuoso el plástico y el metal del acelerador. Cuando finalmente llegué a casa, mi esposa me desconoció y se negó a proporcionarme refugio, cubriendo su boca con la mano izquierda junto a la puerta de entrada. A pesar de que había distinguido nuestro aro de bodas y registrado mi voz en su banco de sonidos, me ahuyentó; y Travis, igual de esquivo y hermoso que siempre, me propinó una golpiza indecorosa, escupiéndome delante de la mirada atónita del vecindario, vociferando que yo —su padre sentimental y biológico— no era su progenitor, sino una deformidad renegada, el producto de una pesadilla doméstica que no pensaba llevar consigo a la milicia nacional. Sus palabras, a decir verdad, retumbaron infatigablemente en mis oídos como un *dictum* sinuoso. No fui capaz de defenderme de su desprecio ni de su mirada altanera, y me aparté de ambos, de mi esposa y Travis, como lo hubiera hecho un perro callejero, antes de que llamaran a la policía y decidieran detenerme o liquidarme de un balazo por la espalda. Al igual que tú, David, me entregué a una vida errática, y aprendí que el vagabundeo era en realidad una ruta hacia la perdición, pero a la misma vez supe convencerme de que se trataba de una senda hacia el sensualismo y la complacencia de lo corporal. Fue así como empecé a vender mi carne como un fenómeno circense a personas prósperas que obtenían placer con los tegumentos de lo anómalo, a abanicarme y contorsionarme frente a hombres y mujeres de Pattaya, de Fortaleza, de Magaluf. Me convertí en un artista de los ganglios infectos: esplendoroso, elegante en sus protuberancias pestilenciales. Dejé que me penetraran con frenesí y frecuencia, y penetré a pueblos enteros sin compasión, yendo de localidad en localidad, de desembarcadero en desembarcadero, un hombre metamorfoseado, diseñado a imagen y semejanza de una coraza de abrojos, constituido de la seducción más cruel. Y una noche, en la ciudad de Breslavia, en la fiesta de aniversario de una revolución fallida, nos conocimos en una terraza que miraba a un parque botánico derrochador —hace ya un año de aquel encuentro accidental—, cuando me relataste por primera vez la historia de tu cuerpo encerrado. En ese entonces, recuérdalo bien, David, yo no sufría esta enfermedad aterradora que ennegrece e infecta los ganglios linfáticos, y tú todavía no eras una ginoide atrapada en la apariencia de un mutilador, aunque te hallabas a punto de convertirte en David. Éramos, en cambio, perfectos el uno para el otro. Tú como antes. Yo como antes. A ambos nos aliaba la espesura del amor aquella noche del primer beso en la ciudad de Breslavia, en la fiesta de aniversario de una revolución frustrada por las piezas de artillería y las bombas de racimo, setecientos ochenta años antes de nuestra primera reunión. A partir de esa noche decidimos sujetarnos el uno al otro, atornillar nuestras almas a la misma expresión artística. Tu espectáculo y el mío serían un uno indivisible, dejaría de existir lo externo, solo hallaríamos luz en lo interno que mira hacia dentro de sí. Y de ese modo, con esa proposición orientada hacia el núcleo de lo corporal, bailamos juntos en festivales y teatros; una artista del *grand battement* hecha de arena necrótica, un fenómeno de circo dominado por una enfermedad cutánea precipitada, unidos para siempre en sus secreciones y actos lúbricos, en sus promesas de fervor. Tú lamiéndome la carne infectada, David. Yo eyaculando en tu cuello arenoso. Permitiendo que amigos y extraños nos acariciaran después de las funciones, cuando se apagaban las lámparas de los carnavales en las márgenes de los ríos y florecía de pronto la disipación en las bocas nerviosas. Fuimos rey y reina en los muros de De Wallen. Emperador y emperatriz en los baños de Yoshiwara. Yo era una criatura deforme e infecta, y sin embargo era realmente un hombre saludable que todavía no existía en la deformidad ni en la infección. Y tú, querido David, una ginoide necrótica, un cuerpo pigmaliónico nacido de la electricidad, hecho a imagen y semejanza de una asesina oscura, una náyade de arena e hilos de metal que aún estaba muy lejos de convertirse en el David del sanatorio. La Guerra de los Huesos estalló poco después, cuando nuestra exhibición ambulante se hallaba recorriendo la isla de Malta. En medio de las primeras escaramuzas, fuimos detenidos por las fuerzas del bando invasor y llevados en una caravana a las tumbas del Hipogeo de Hal Saflieni, donde nos encerraron sin explicación junto a otros turistas descarriados y residentes extranjeros. No fue mucho el tiempo que pasamos en aquella cárcel provisional, pues dos semanas después los invasores acordaron transportar a la península italiana a algunos civiles. Fue justamente en aquella travesía, del puerto de La Valeta al puerto de Augusta, que noté la primera desviación en tus ojos, David. Durante los días en Hal Saflieni fuiste decayendo. Las raciones eran ciertamente deplorables, se encontraban en estado de descomposición, el agua escaseaba, pero lo que más te había lastimado era el alejamiento y la falta de caricias: tu cuerpo y el mío desgarrados, me contaste aquel día que navegábamos hacia Italia. Los soldados invasores te habían recluido en otra cripta del templo, y yo sabía que sus intenciones nunca profesaban la bondad. De Hal Saflieni saliste trasgredida y demacrada, y sin embargo te dije al oído que todo el sufrimiento impreso por aquellos soldados en tus arenas e hilos de metal había concluido. Te mentí descaradamente, David. La Guerra de los Huesos continuó separándonos día tras día. Te perdí muchas veces durante las escaramuzas. Te encontré alterado o despedazado en otras tantas ocasiones: a la vera de un camino, cubierto de agua sucia en una zanja anegada, aplastado por las ruedas de un vehículo militar.

Fueron setenta y dos años de idas y vueltas, inquiriendo por tu paradero o hallándote descuartizada, perdiéndote cada trece lunas como si hubiésemos sido sacrificados a la maldición de una horda nigromántica y embustera. Te lo relaté de este mismo modo el año pasado, cuando nos encontramos por primera vez y bebimos juntos licor de nebrina en la ciudad de Breslavia, durante la celebración de aquella revolución intrascendente. El día que al fin logré recuperar muchas de las partes de tu cuerpo y reemplazar con apéndices de madera las que me fue imposible hallar —para ese entonces las greñas y las canas me habían convertido en el retrato de un hombre cavernario e hirsuto—, habías perdido muchas de tus memorias. El trauma psicosomático, el abuso constante prodigado por los ejércitos invasores en el camino. No sabías quién era yo, al igual que hoy no lo sabes a ciencia cierta. La Guerra de los Huesos todavía no había concluido cuando a duras penas te reconstruí, y es cierto que aún hoy en todo el mundo persisten las movilizaciones de sus lanzagranadas y carros de combate. Tu rostro desviado no es capaz de darse cuenta de lo que sucede en el exterior, David, pero yo insisto en salvar el amor que nos determina, y con él la morfología erótica que encadena nuestros cuerpos desde aquella primera vez, cuando nos conocimos en una fiesta de aniversario al borde de un mirador, hace un año en la ciudad de Breslavia. Esa es la razón de hallarnos en este sanatorio arruinado, David, y de convivir con los escombros y las sombras reptilianas de la hermandad de los Mohrhaus. Su lengua muerta y sus suplicios son indeclinables para nosotros, los necesitamos para recuperar nuestros lazos telepáticos y la experiencia venérea. Te traje desde muy lejos a este sanatorio en ruinas porque aquí se halla la promesa de la cura, y con la cura que nos prodigue la hermandad volveremos a ser los de hace un año. En ese entonces, David, recuérdalo bien, yo no sufría esta enfermedad pavorosa que ennegrece e infecta, y tú todavía no eras una ginoide atrapada en las bóvedas de un mutilador. Éramos, en cambio, perfectos el uno para el otro. Tú como antes. Yo como antes, aunque no fuésemos los mismos del año pasado en Breslavia. Penetración y eyaculación. Telepatía extrasensorial e inducción amorosa. Es cierto, querido David, que la doctora Ferdinand se encuentra muerta; que la doctora Zabriskie también lo está; y que lo mismo ha ocurrido con la materia orgánica de la cirujana Cronen. Tres taumaturgas de la autoridad psíquica universal. Tres alquimistas. Tres magas del examen encefalográfico y de la terapia de electrochoque. Y sin embargo aquí estamos, dispuestos a todo bajo la guía de su susurro fantasmal, súbditos de las sombras de los reptiloides que residen en este laberinto en ruinas y que tarde o temprano te despertarán de la catatonia. Y es que la oruga, a la misma vez, no cesa de comentármelo a diario, David, aquella larva magistral que lo impregna todo y lo sabe todo. Ella es consciente de que despertarás, consciente de que me amarás con el mismo vicio inquietante del pasado, porque tú y yo sabemos bien que más allá del acto de reproducción de cualquier animal bípedo o cuadrúpedo, más allá de la procreación de la especie vertebrada o invertebrada, el coito se transfigura y se envilece, se lee estrictamente como una perversión venérea, un *terror venéreo*, David. Y ese es el espantoso amor que hemos elegido celebrar. El año pasado en Breslavia, si mal no recuerdo, ya éramos lo que hoy habita en nosotros. Tú, una ginoide recluida en el cuerpo de un mutilador. Yo, un cúmulo de carne descarriada y obscena. Y sin embargo yo no sufría esta enfermedad pavorosa que ennegrece los ganglios, y tú todavía no eras una mujer artificial atrapada en un ente catatónico. Los cercenamientos empezaron mucho tiempo después, David, cerca de noventa y nueve años después. Tu cuerpo era esplendoroso hasta que se inició la guerra, y bailábamos desnudos y contorsionábamos la carne con la ayuda de nuestros lazos telepáticos y orgánicos, de metrópoli en metrópoli, de puerto en puerto. Un día te perdí porque los invasores transgredieron tu organismo de arena y necrosis primordial. Tus ojos se desviaron, te lo conté hace un año en aquel mirador de Breslavia, durante una fiesta de aniversario a la que asistimos sin conocer la historia de nuestros orígenes. Tus ojos parecían los de una muñeca desfigurada. Y es que durante la Guerra de los Huesos, la guerra que nunca concluye, los soldados del ejército invasor vendían tus mecanismos internos y tus ojos de cuarzo, o te arrojaban con el himen partido a una zanja fangosa de la que yo te rescataba continuamente, para perderte luego, a los pocos días o semanas — secuestrada por niños esbirros o adolescentes de manos mutantes—, en las antípodas de los territorios del mundo. Esa desdichada aventura, querido David, portaba todos los días la máscara de la truculencia y la incertidumbre, me hacía sentir que tu carne necrótica era algo que nunca podría volver a alcanzar, algo prohibido para mí y, por asociación, negado también para tu organismo de alambre y arena. Las primeras sesiones de terapia electroconvulsiva dirigidas por los fantasmas de la doctora Ferdinand y la doctora Zabriskie dieron un fruto milagroso, despertaste transitoriamente, y esa noche subimos a los techos del sanatorio de la hermandad, tus ojos desviados parecían haber muerto, y la idealización de la cura fue lo suficientemente incitante para producir aquel segundo beso en los labios, David, entre los escombros y los esqueletos de pacientes inmemoriales, en la azotea de este hospital en ruinas. Pero no pasó mucho tiempo y nuevamente perdiste la cabeza y tus formas delicadas; empezaste a mutilar las manos y los pies de los pacientes cropófagos que habitan en el pabellón del ala oeste de este recinto de almas en pena. Por un momento fue difícil reconocerlo. No quise creer que las habladurías que recorrían los corredores y el comedor del hospital eran estrictas verdades. Lo cierto es que cuando te encontrabas conmigo durante las horas de visita y me mirabas con fijación, sabías guardar las apariencias, David. Hablabas con la misma propiedad y discernimiento que hace un año en Breslavia. Y no fue hasta que te desnudé, hasta que vi aquellos pechos metacarpianos amarrados a tu tronco, que pude reconocer la autenticidad de las murmuraciones: eras una ginoide encarcelada en la forma de un cercenador, y esa condición ciertamente anormal se la debías a los estragos de la guerra, porque la guerra, oh, David, solamente causa trastornos. Es destructiva como nada lo es, y a ti te quitó el habla y la efervescencia cerebral. Bailaste por última vez en este sanatorio hace exactamente trece años. Aquella noche vestías un negligé oscuro y balanceabas con movimientos etéreos tus senos postizos, esos senos que son dos manos cercenadas pegadas a tu tronco, presumiendo falanges y uñas cetrinas. El estado de catatonia vino poco después, cuando ya no pudiste fingir más. Uno de los pacientes cropófagos —un físico alemán que se salvó de tus ataques antes de que el fantasma de la cirujana Cronen le practicara una craneotomía— vino a buscarme diciendo que ya no sentía miedo al verte, que eras un número cero. Supe en ese instante revelador que te perdería otra vez, como tantas veces había ocurrido en el pasado, y que aquella noche en Breslavia volvía a eludirnos conscientemente, a pesar de que acabábamos de beber dos copas de *sauvignon* delante de un camarero que nos ofrecía un licor de ciruela y anís. Charlábamos en aquella oportunidad acerca de las rutinas del cuerpo y observábamos las cúpulas de un jardín botánico majestuoso, David, pensando que nunca llegarían a apresarnos ni el futuro ni la conclusión. Han desfilado delante de nuestras vidas casi siete mil años desde aquel arrebato tuyo, desde el ímpetu del cercenamiento y el caos simbólico de la mudez. No me importa, en verdad, ser una criatura indecorosa, marcada por la hinchazón sistémica de sus ganglios linfáticos. Soy lo que soy, una ramera desviada, un monstruo que necesita la frecuencia del sexo para lidiar con la ruina diaria de este sanatorio devastado. Los fantasmas de la doctora Ferdinand y la doctora Zabriskie continuarán su labor eléctrica de resucitación a pesar de los carros de combate y de los soldados que deforman con pinzas y cuchillas tu rostro. Los almuerzos de pasta viscosa y pernil agrio se prologarán indefinidamente, enlutando mi esófago, haciéndolo sangrar si fuese necesario, hasta que amanezcas despierta, modelando tus senos a la intemperie, bailando en las colinas de Katmandú y en las plazoletas de la ciudad de Breslavia. Lo necesito porque la oruga me lo exige, David. Esa larva vermiforme invade mi cabeza y me lo demanda sin entender el significado de la compasión. Por favor, mírame una vez más, amor mío. Déjame contarte lo que ocurrió el año pasado en nuestra nébula.

# Índice

# SALVADOR
# LUIS RAGGIO
# MIRANDA

LIMA, 1978

Licenciado en dirección de cine y doctor en literatura y cultura hispánica (University of Miami). Es autor de los libros de cuentos *Miscelánea o el libro geminiano* (2006), *Shogun inflamable* (2015), *Otras cavidades* (2017), y de las nouvelles *Zeppelin* (2009), *Prontuario de los pies y de los zapatos* (2012), *Piezas* (2018) y *Tres baladas* (2019, en coautoría con Juan Manuel Candal y Ramiro Sanchiz). Como editor ha preparado diversas antologías de cuento iberoamericano para editoriales de América Latina y España, entre ellas *Asamblea portátil* (2009), *Kafkaville* (2015) o *Lo sintético* (2019), así como la colección de ensayos académicos *Salón de anomalías. Diez lecturas críticas acerca de la obra de Mario Bellatin* (2013). Actualmente se desempeña como profesor de cine y literatura y dirige la revista cosmicacalavera.com.

www.salvadorluis.net

@UnRaggioLaser

ELEKTRIK GENERATION
2020